W0375098

SOMMAIRE

NYU BOY
COURS D'ORIGINES

EUH...
VOUS ÊTES... LE PETIT AMI ?
VOTRE PETITE AMIE M'A CONTACTÉ...
POUR UN «COURS DE PLAISIR SEXUEL»...
Plan à trois (le prof + le couple)
OÙ EST-ELLE ?
AH, BEN, EN FAIT...
ELLE A PAS PU VENIR PARCE QU'ELLE AVAIT SES RÈGLES...
HEIN ?!
DU COUP...
ÇA VOUS EMBÊTE PAS SI C'EST MOI QUI PRENDS LE COURS À SA PLACE AUJOURD'HUI ?
LE COURS DE PLAISIR SEXUEL...

VOUS SAVEZ QUE...
NOS SERVICES DE PROSTITUTION SONT UNIQUEMENT À DESTINATION DES FEMMES...
OUI, JE SAIS !
MAIS ON A DÉJÀ PAYÉ POUR DEUX PERSONNES...
ALORS...
S'IL VOUS PLAÎT,
DONNEZ-MOI LE MÊME COURS QUE VOUS DONNEZ AUX FEMMES !
NON !
CLAP
C'EST IMPOSSIBLE !
ARGH !
OUIN

KHOF
ALLONS DANS UN ENDROIT PLUS CALME...
KHOF
V... VOUS AVEZ UNE PETITE COPINE ?
OUI, J'AI UNE COPINE...
C'EST QUAND, LA DERNIÈRE FOIS QUE VOUS AVEZ COUCHÉ AVEC ELLE ?

CE MATIN...
CE MATIN ?!
EUH...
À PROPOS DE NOTRE PROBLÈME...
ROUGE...
JE...
JUSQUE LÀ, J'AI TOUJOURS OFFERT CE GENRE DE SERVICES À DES FEMMES.
STOP !

ALORS, SI QUELQUE CHOSE VOUS SEMBLE BIZARRE,
N'HÉSITEZ PAS À ME LE DIRE.
Quel adorable prostitué !!
En plus
Il a l'air super timide...
À quel hôtel allons-nous...
FIIIXE...

N – Nonke
(Hétéro)
Y – Yarichin
(Prostitué)
U – Uchiki
(Timide)
NYU BOY !
C'est trop mon type !!
AU FAIT, DITES, C'EST QUOI VOTRE NOM ?
HEIN ? EUH...
NA-RUSE...
KÔJI NARUSE...
NARUSE-SAN...
JUSTE POUR AUJOURD'HUI...
JE PEUX T'APPELER NARU-CHAN ?

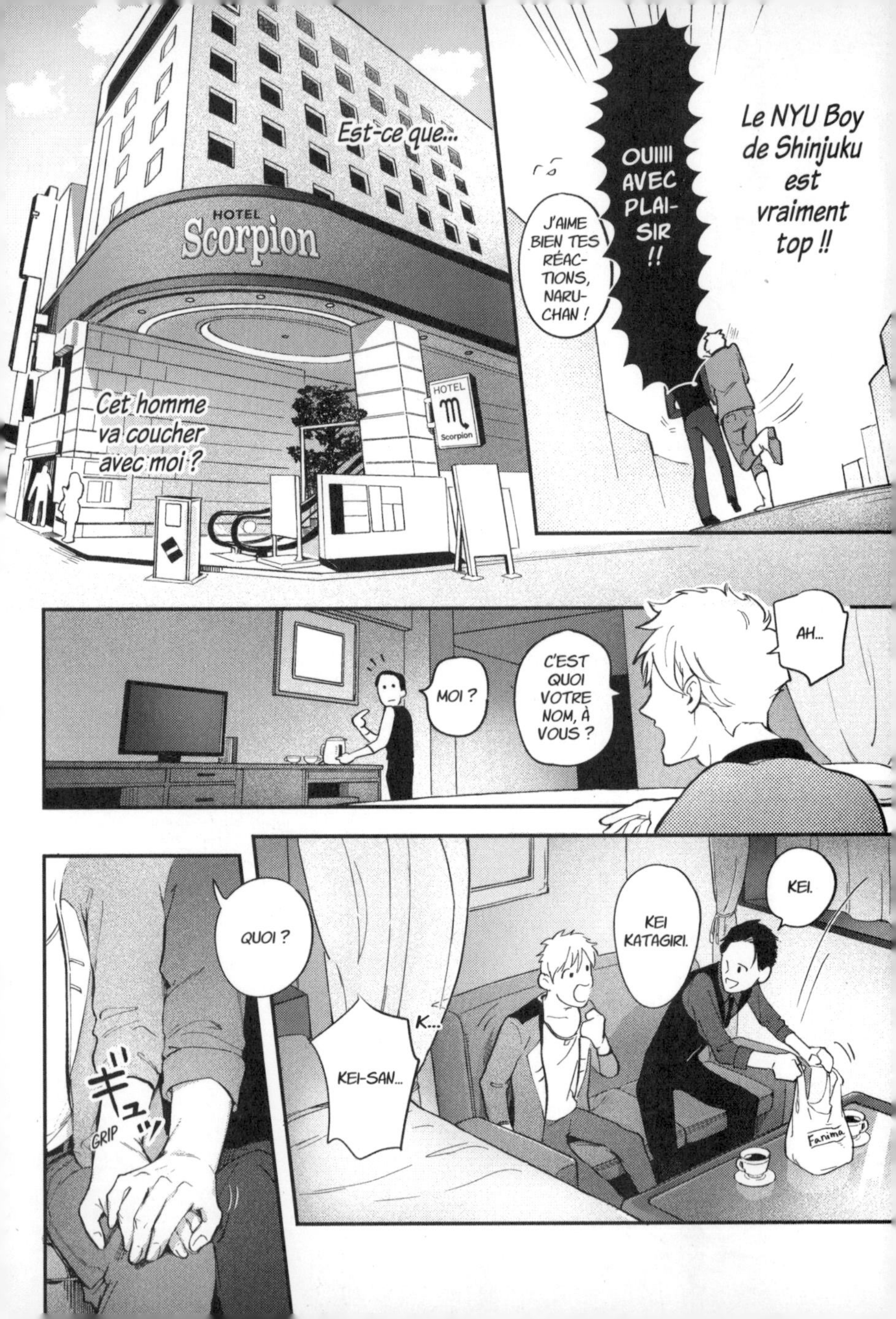
Le NYU Boy de Shinjuku est vraiment top !!
OUIIII AVEC PLAI-SIR !!
J'AIME BIEN TES RÉAC-TIONS, NARU-CHAN !
Est-ce que...
HOTEL Scorpion
Cet homme va coucher avec moi ?
HOTEL Scorpion
AH...
C'EST QUOI VOTRE NOM, À VOUS ?
MOI ?
KEI.
KEI KATAGIRI.
QUOI ?
K...
KEI-SAN...
ギュッ
GRIP
Farima

NORMALEMENT,
IL EST DIVISÉ EN DEUX PARTIES : «PLAISIR SEXUEL» ET «RENDEZ-VOUS AMOUREUX»...
AH !
QU'EST-CE QU'ON FAIT POUR LE COURS ?
Noooooon, rieeeeen !!
かあぁ～
EMBARRASSÉ...
C'EST UN COURS OÙ ON REVIENT AUX ORIGINES : ON FAIT COMME SI C'ÉTAIT LA PREMIÈRE FOIS.
POUR RÉSUMER,
CA TE TENTE ?
HAA
EH ?
SINON, VU LE TEMPS DONT ON DISPOSE,
ON PEUT AUSSI FAIRE UN COURS D'ORIGINES.
UN COURS D'ORIGINES ?
TRÈS BIEN.
OK, ON FAIT ÇA !
Il veut faire comme si c'était ma première fois...
C'est bon ?
NARU-CHAN...

ドクン‥
BOBOM
ドクン‥
BOBOM
ドクン
BOBOM
ドドッ
BOBOM

TU ES... UN PEU NERVEUX, N'EST-CE PAS ?
O... OUI...
TOUT IRA BIEN.
ON IRA DOUCEMENT.
AU DÉBUT, ON A TOUJOURS LE CŒUR QUI BAT FORT.
NARU-CHAN...
MONTRE-MOI COMMENT TU ÉTAIS AU TOUT DÉBUT.
BON... ON PREND UN BAIN ENSEMBLE ?
OUI...

シャアアアアアアアアァァァー
PSCHHHHHH...
LE BAIN EST BIENTÔT PRÊT.
...KEI-SAN ?
ALLEZ, ENTRE LÀ-DEDANS !
EUH... KEI-SAN ?!
GRAB
ズイッ

SPLASH
ちゃ
ALORS ON SE LAVE.
CE N'EST PAS TROP CHAUD ?
ÇA VA...
EUH...
EUH... J'AI UNE QUESTION...
POURQUOI LA BOUÉE ?
AAH...
C'EST POUR ÉVITER QUE TU TE NOIES...
FROTTE
FROTTE
HA HA HA !
C'EST RIDI-CULE !
JE NE SUIS PAS UN ENFANT...
RESTE IMMOBILE...

PLIC...
Ah...
HA HA !
VRAIMENT, J'ADORE TES RÉACTIONS...
Mince...

BOBOM
ドクン
ドクン
BOBOM
BOBOM
トクン
K... Kei-san...
AH !
TU ES EN ÉRECTION...
ON SORT ?
!!
ALLEZ, ON COMPTE JUSQU'À DIX ET ON SORT.
Baisse les épaules
Quoi ?
UN... DEUX...
Arrête de compter !
FLAP
FLAP
JE VAIS PRÉPARER LE LIT !
Ça m'a pas du tout détendu...
Un bain avec son partenaire, c'est aussi banal que ça ?
C'est vraiment comme ça que ça se passe ?

BOLOM
BOLOM
BOLOM
ALLEZ, ON DORT !
HEIIIIIIIN ?? C'EST QUOI, ÇA ?!

IMAGINATION
OUI, DÉSOLÉ...
JE N'AVAIS QUE DES GODES À PORTÉE DE MAIN...
TU POUVAIS PAS TROUVER UN TRUC PLUS NORMAL ?!
BONJOUR LE TRAUMATISME !
ET PUIS D'ABORD, C'EST PAS LE PROBLÈME !
CLAC
C'EST QUOI, CE COURS D'ORIGINES ?!
DÉGAGE TOI !
JE CROYAIS QUE C'ÉTAIT CENSÉ FAIRE COMME SI C'ÉTAIT MA PREMIÈRE FOIS !!
EXACTEMENT.
EN CE MOMENT, ON EST EN TRAIN DE REMONTER À TES ORIGINES, NARU-CHAN.

TU TE SOUVIENS ?
DU PREMIER JOUR OÙ TU AS MARCHÉ À QUATRE PATTES ?
PAPILLOOON
COMMENT JE POURRAIS ME SOUVENIR DE ÇA ?!
ON REMONTE AUX SOURCES DE TON INNOCENCE...
ON REMONTE TROP LOIN, LÀ !!
FLAP ぶらん
FLAP ぶらん
FLAP ぶらん
ARRÊTE DE LE FAIRE TOURNER !
ET ON VA ESSAYER DE REMONTER ENCORE PLUS LOIN !
HA HA
ATTENDS !
AH !!
COUVERTURE À TROU
FLAP バッ
HEIN ?

PAF
PAF
PAF
PAF
PAF
AH ! IL DONNE DES COUPS !
HA HA...
FAIS-MOI SORTIR DE LÀ, ABRUTI !!
PAF !!
HI HI...
QUEL GARÇON ÉNERGIQUE...
IL TRAVAILLERA DANS LA PROSTITUTION, PLUS TARD...
JE VAIS SORTIR EN TE DÉCHIRANT LE VENTRE, MOI !!
CRAC !
TU TE SOUVIENS ?
DE COMMENT C'ÉTAIT D'ÊTRE DANS LE VENTRE DE TA MÈRE ?
ET SI ON REMONTAIT ENCORE PLUS LOIN ?
WHAM
NOOOOOOONNN !!!

AH !! ÇA SUFFIT, LES TRUCS DÉBILES !
WHAM
NARU-CHAN, AVANT QUE TU NE VIENNES AU MONDE...
COMMENT...
TES DEUX PARENTS SE SONT-ILS AIMÉS, À TON AVIS ?

LES VOILÀ,
TES VÉRITABLES ORIGINES.
....!!
TU VEUX Y REMONTER ?
AVEC MOI ?
OUI...
Enfin...
Il va me donner du plaisir...

BIP
BIP
BIP
BIP
3:00:00
BIP
CRIII
PAF !
DÉJÀ TROIS HEURES...
DÉSOLÉ.
C'EST L'HEURE, ALORS ON CONTINUERA UNE AUTRE FOIS.
!?

ATTENDS UNE MINUTE...
ET LE SEXE ?
JE CROYAIS ...
C'EST CONTRE NOS RÈGLES, DÉSOLÉ.
AH... MAIS...
C'EST-À-DIRE QUE... JE SUIS HÉTÉRO.
ON VA REMONTER AUX ORIGINES DE TON BONHEUR, NARU-CHAN...
Happiness
ÇA M'A PAS RENDU HEUREUX DU TOUT !!

Bon...
EH BIEN, J'Y VAIS...
CLAC
ATTENDS ! JE SUIS PAS DU TOUT SATISFAIT !!
JE VEUX UNE EXPLICA-TION !
FLAP
Services de prostitution à destination des gays
FAIS DE BEAUX RÊVES.
WHAM
C'EST PAS VRAIII !!
KEI-SAN !
KEI-SAN !!
NYU BOY !!
CLAC !!
UUH...
T'enfuis pas, espèce de démon !!
OUIIIIINN
OUIIIINNNN
Le cours d'origines de Kôji Naruse s'est terminé dans les larmes.

NYU BOY
COURS DE
REPRODUCTION

ON A REÇU UNE PLAINTE...
DISANT...
QUE LE COURS DE PLAISIR SEXUEL ÉTAIT MINABLE...
UNE PLAINTE QUI TE VISE, KATAGIRI...
DE LA PART D'UNE CERTAINE MIYUKI AYUKAWA.
M. NA-RUSE, EN FAIT.
DÉPRIMÉ...
Bien sûr, je ne peux pas lui dire.

KEI ? TU AS EU DES PROBLÈMES AVEC UNE CLIENTE ?
ÇA NE TE RESSEMBLE PAS...
GLOUPS...
.....
En réalité, c'était un client, qui s'est fait passer pour une femme... Voilà.
ALLER JUSQU'À SE PLAINDRE QUE TON SERVICE ÉTAIT MINABLE...
C'EST PLUTÔT ELLE QUI N'ÉTAIT PAS RÉCEPTIVE, NON ?
AH... HUM...
JE FERAI ATTENTION LA PROCHAINE FOIS...
OUI, FAIS ATTENTION.
VOUS POURREZ RENTRER CHEZ VOUS TOUS LES DEUX UNE FOIS QUE VOUS AUREZ RENDU VOTRE RAPPORT D'EXAMEN MÉDICAL.
OUI.

HÉ, KEI,
TU VEUX ALLER MANGER UN BOUT ?
NON, DÉSOLÉ...
J'AI UN RENDEZ-VOUS À 14H.
AH BON ? TU VAS ÊTRE EN RETARD...
PAS SI JE COURS !
GRIP
CE SAC...
C'EST TON SAC DE SM, NON ?
C'EST UNE CLIENTE ?
OUI, UNE FEMME AU FOYER !
ON MANGERA ENSEMBLE UN AUTRE JOUR !
OK !
BIP
Attention à l'arrivée imminente du train…

MINCE ! IL FAUT QUE JE ME DÉPÊCHE !
PAF !!
!!
PLAF
ボサッ
BLAM
どさッ
D... DÉ-SOLÉ !!

Mais ! Ce type...
AÏE...
C'est Kôji Naruse !
MH ?
AH ! LE CHARLATAN DE LA FOIS DERNIÈRE !
HAA
C'ÉTAIT QUOI, CE COURS MINABLE ?!
GRAAH
GRAAH
Ça craint...
Juste le type sur lequel je ne voulais pas tomber...
Le train express va entrer en gare voie 6…
AH !!

AÏE AÏE AÏE...
AH !
JE SUIS DÉSOLÉ !
REGARD
REGARD
ÇA VA...?
PARTI...
GRIP
BONJOUR LA POLITESSE...
Attention à la fermeture des portes…
TU POURRAIS AU MOINS T'ARRÊTER POUR T'EXCUSER !
CRÉTIN...

KEI !
DÉSOLÉ DE T'AVOIR FAIT ATTENDRE !
PAS DE PROBLÈME !
JE VIENS D'ARRIVER.
T... TANT MIEUX...
HI HI !
TU ES TOUJOURS AUSSI BEAU !
HEIN...? MAIS NON, PAS DU TOUT...
OOH, TU ROUGIS, C'EST CHOU !

PAS DE CHANGEMENT AVEC TON MARI ?
NON, AUCUN !
TU L'AS TROMPÉ ?
AVOUE, TU L'AS TROMPÉ...
J'EN SUIS CERTAIN.
MH ? QUI SAIT...
HI HI !
MAIS...
SI TU ME DONNES BEAUCOUP DE PLAISIR AUJOURD'HUI, KEI, PEUT-ÊTRE QUE JE N'AURAI PAS À LE TROMPER !
HA HA HA ! J'AI COMPRIS...

BONJOUR, SENSEI !
AH, NARUSE-KUN !
POUSSE
スイッ
TU AS PU TE LIBÉRER DE L'UNIVERSITÉ ?
OUI,
TOUS MES COURS ÉTAIENT FINIS !
準備中
料理教室の
AH !
AUJOURD'HUI, ON FAIT UN MILLE-FEUILLE, C'EST ÇA ?
EXACTEMENT.
J'AI APPRIS À LES FAIRE À L'UNIVERSITÉ AUSSI !
TIENS ? NARUSE-KUN, TU FAIS DES ÉTUDES DE CUISINE ?

OUI, IL VA DANS UNE ÉCOLE SPÉCIALISÉE DEPUIS CETTE ANNÉE !
OOH, C'EST BIEN !
TU FERAS LE BONHEUR DE TA FEMME, PLUS TARD !
GRIP
AH...
JE VOUS AI RAPPORTÉ UN BATTEUR ÉLECTRIQUE...
AH, MERCI BEAUCOUP !
JE VIENS JUSTEMENT D'EN CASSER UN...
TENEZ,
C'EST UN BATTEUR D'UNE TRÈS BONNE MARQUE, IL MARCHE SUPER BIEN !
CLAC

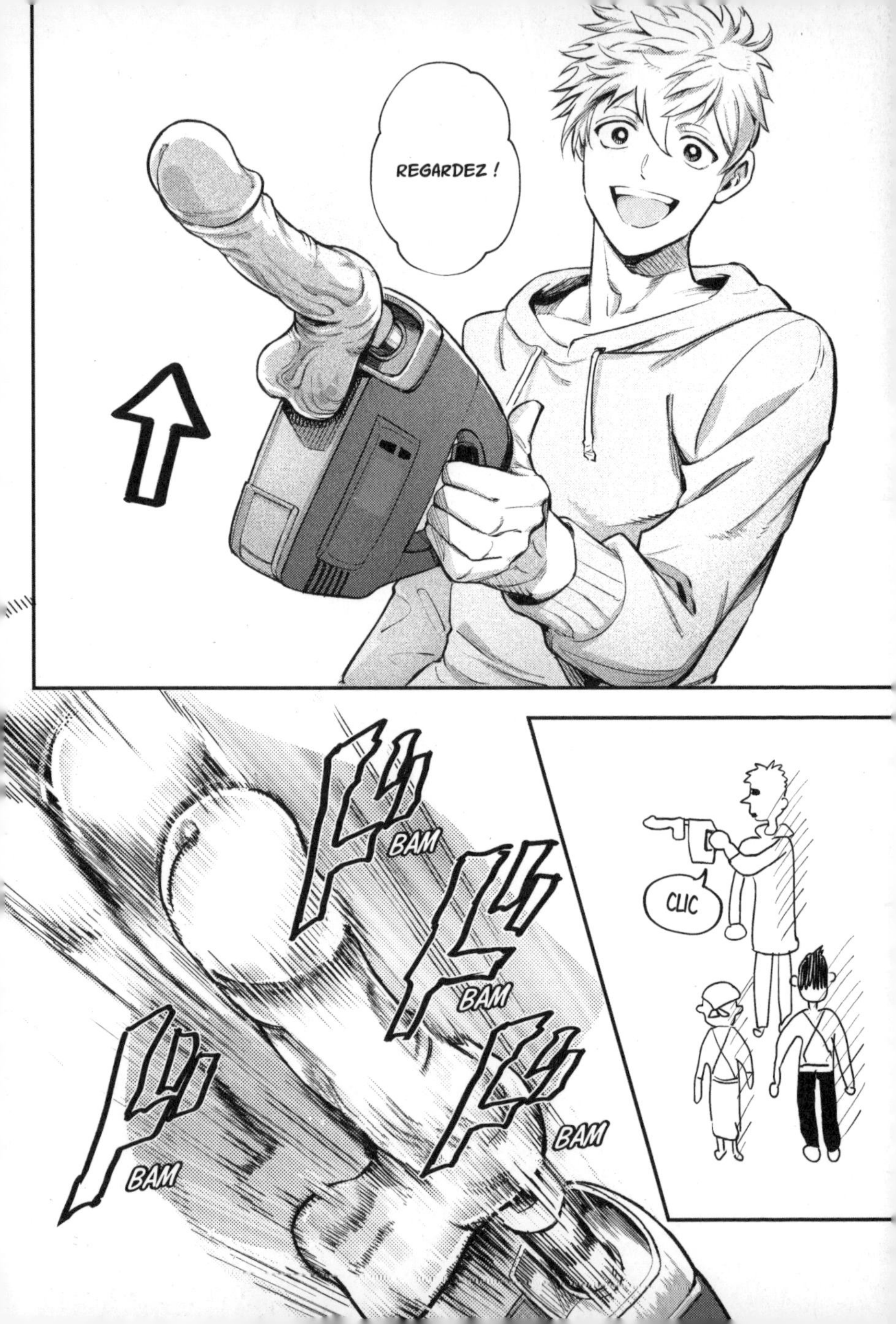
REGARDEZ !
CLIC
BAM
BAM
BAM
BAM

HOTEL Scorpion
AAAAH ! ♥♥ NOOOON... ♥
PAS LÀÀÀ... ♥ JE VAIS JOUIIIIR... ♥
HOTEL Scorpion
CRIIIC
CRIIIC
MMH ? DÉJÀ ?
CRIIIC
CRIIIC
DIS...
TU VEUX PAS UTILISER L'AUTRE TRUC AUSSI...?
C'EST QUOI, L'AUTRE TRUC ? SOIS PLUS CLAIRE.
S'IL TE PLAÎT... JE NE TIENS PLUS...
CRIIIC
CRIIIC
HA HA... COMME TU VEUX.
BON...
ALORS JE VAIS TE METTRE «ÇA»...
GRIP

DANS TA CHATTE TOUTE MOUILLÉE... ♥♥
AAAAAAAAAAAAAAAAAAAAAAAAAAAAH !!!
!?
C'EST QUOI, CE TRUC ?! UNE NOUVELLE SORTE DE SM ?!
VRRRRRRR
C-C-C'EST UN MALENTENDU !!
BILIP BILIP

VRRRRR
キュイイイ
Un appel sur mon numéro pro !
KATAGIRI, J'ÉCOUTE !
QU'EST-CE QUE ÇA VEUT DIRE, KEI-SAN ?!
TCHAC
Hein ?
N… NARUSE-SAN ?
Mon sac !!
Vous l'avez échangé avec le vôtre !!

Impos-
sible...
UN BATTEUR ÉLEC-TRIQUE ?
C'était à ce moment-là...!
Ah !!
Alors j'avais raison, c'est vous qui l'avez !!
Les deux sacs se ressemblaient, alors j'ai confondu !
On peut se rencontrer ? Là maintenant ?

Ah...
IL EST LÀ...
Et le sac aussi...
Il va probablement parler...
de cette histoire de plainte...
Peut-être qu'il va me menacer...
Et me demander une nouvelle prestation !!
Mais notre service de prostitution est destiné aux femmes !
NARUSE-SAN...
KEI-SAN !!

JE...
PENCHE
JE SUIS VRAIMENT DÉSOLÉ...
WHAM
JE VOUS DEMANDE PARDON !!
PLOP
L'AUTRE JOUR...
JE ME SUIS FAIT PASSER POUR UNE FILLE...
JE SUIS DÉSOLÉ DE VOUS AVOIR MENTI !
MAIS...
À CE MOMENT-LÀ, J'ÉTAIS DÉSESPÉRÉ...

JE BOULAIS QU'ON B'ACCEPTE...
EUH, NARUSE-SAN...
VOTRE SAC EST OUVERT...
FERMEZ-LE, S'IL VOUS PLAÎT...
FROTTE
FROTTE
FROTTE
HONNÊTEMENT, JE REGRETTE...
Tiens...?
Et puis...
APRÈS CE QUI A FAILLI SE PASSER...
J'ÉTAIS TELLEMENT FRUSTRÉ QUE JE ME SUIS PLAINT...
Ne peut rien dire
MAIS...
ON ÉTAIT TELLEMENT PROCHES, TOUS LES DEUX...
ÇA M'A DONNÉ L'IMPRESSION D'ÊTRE EN COUPLE COMME QUELQU'UN DE NORMAL...
QUAND VOUS ME TENIEZ LA MAIN...
J'ÉTAIS VRAIMENT TRÈS HEUREUX...

J'ÉTAIS ÉMU DE VOIR...
QUE VOUS ME TRAITIEZ AVEC TANT DE GENTILLESSE ALORS QUE JE SUIS UN GARÇON...
Il était content...
AH... JE VOUS RENDS VOTRE SAC...
Ah, oui...
Je ne comprends rien...
GRIP
Pourquoi...
Est-ce qu'il s'est adressé à un service pour femmes ?
PILILIN
PILILIN
Le patron ...?
KATAGIRI À L'APPAREIL...
Je peux te parler un instant ?
OUI...

Tout à l'heure,
Le bureau a reçu un appel de cette fameuse Miyuki Ayukawa.
C'EST UN STAGIAIRE QUI A PRIS L'APPEL...
IL LUI A DONNÉ TON NUMÉRO.
DÉSOLÉ.
Le stagiaire a aussi dit…

…Que c'était une voix d'homme au téléphone.
Tu es sûr que tout va bien ?

NO NAME
CLIC
Miyuki Ayukawa
NO NAME
CLIC
TU VEUX QUE JE T'AIDE À RÉGLER LE PROBLÈME ?
On fait quoi ?
MERCI BEAUCOUP...

MAIS LE PROBLÈME EST RÉGLÉ.
OUI... JE SUIS DÉSOLÉ.
KEI-SAN ?
VOILÀ CE QU'ON VA FAIRE.
POUR ME FAIRE PARDONNER DE LA DERNIÈRE FOIS, JE T'OFFRE UNE NOUVELLE PRESTATION.
MAIS SI MA BOÎTE LE SAIT, ÇA POSERA DES PROBLÈMES...
ALORS NE PRENDS PAS DE RENDEZ-VOUS.
ÉVIDEMMENT, LA PRESTATION SERA GRATUITE.
V... VRAIMENT ?!
EN ÉCHANGE...

UNE FOIS LA PRESTATION TERMINÉE,
TU NE CONTACTERAS PLUS JAMAIS NOTRE SOCIÉTÉ.
ON EST D'ACCORD ?
.....
OUI...

C'EST CE QUE JE COMPTAIS FAIRE, DE TOUTE FAÇON.
SILF
LOVE
Porno pour les femmes
DVD
Tu voulais que je fasse ça ?
Tu es toute mouillée…
Non… Ne regarde pas…

Tu as tellement envie de moi ?
Oui… J'ai envie de toi…
OUI…
PAF
Aaah… C'est trop bon…
PAF
PAF
FLAP
Tourne-toi par ici…
HAA
HAA
FLAP
HAA
HAA
HAA
Tu es trop mignonne…
FLAP
AAH… NON…
FLAP
FLAP
SPLURT
ÇA… VIENT…
SPLURT !

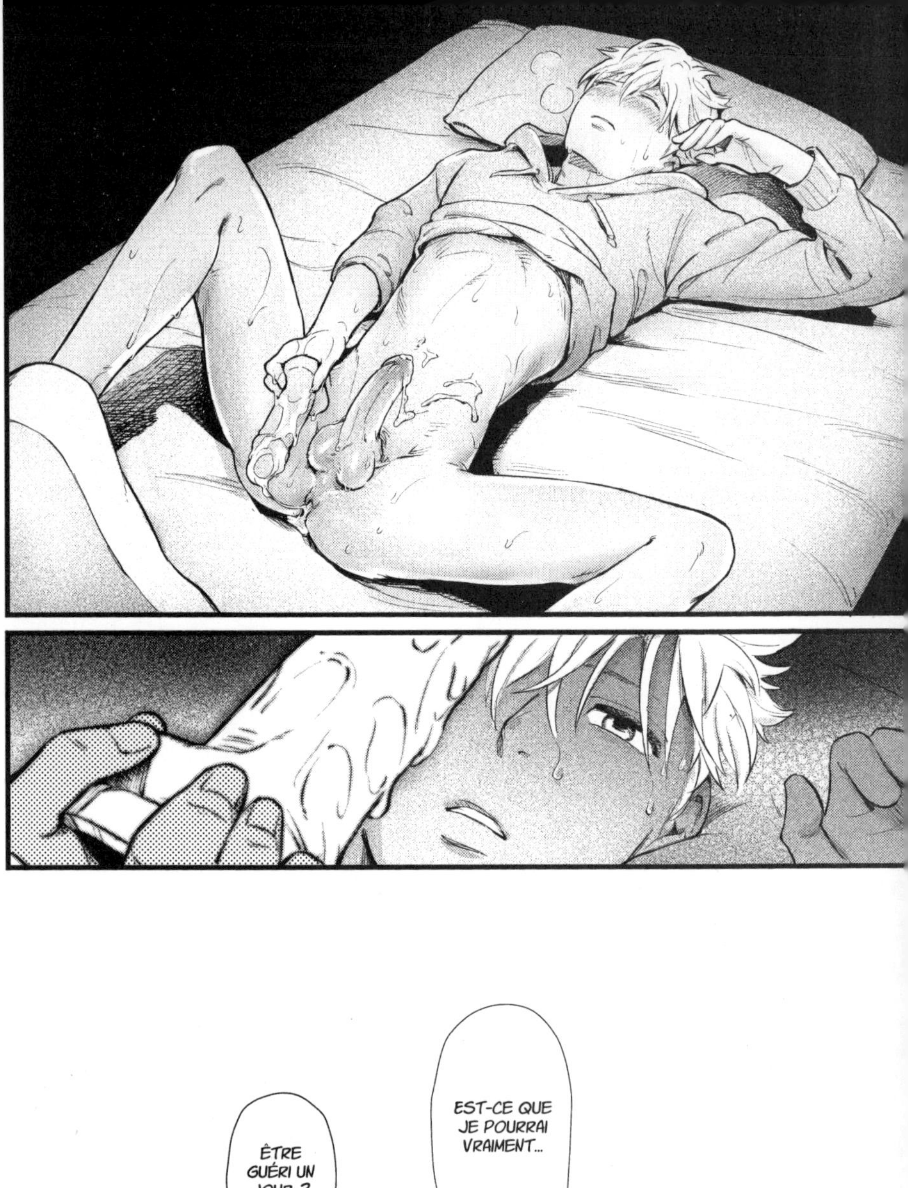
EST-CE QUE JE POURRAI VRAIMENT...
ÊTRE GUÉRI UN JOUR...?

NYU BOY
Cours de counselling

HOTEL
Scorpion
Depuis, un mois s'est écoulé.
HOTEL
Scorpion
608
SoftPunk 4G
Kei-san,
Je suis arrivé à l'hôtel en premier.
Le numéro de chambre est 608.
Je t'attends.

BLOUP
コポ
BLOUP
コポ
......
DING DOOOOONG
!!

TCHAC
ガチャ

ÇA FAIT UN BAIL.
TES CHEVEUX ONT POUSSÉ, NON ?
ÇA TE VA BIEN.
EUH... AH...
M... MERCI...
WHAM

Merde, je suis super nerveux...
IL EST VRAIMENT BEAU...
TADAM !
J'AI ACHETÉ DU FLAN !
ON LE MANGERA APRÈS.
......
EUH, OUI, MERCI...
DU FLAN, SUPER !
AH !
!!
GRIP
TU AS FAIT CHAUFFER DE L'EAU POUR LE THÉ ?
OUAH !
EUH, OUI... JE ME DISAIS QU'ON POURRAIT EN BOIRE...
Enfin...
TU ES VRAIMENT ATTENTIONNÉ, NARU-CHAN.
GRIP
GRIP
TCHAC
REMARQUE, ÇA NE M'ÉTONNE PAS...

APRÈS TOUT, TU ES LE GENRE DE PERSONNE À TE BALADER AVEC UN BATTEUR ÉLECTRIQUE DANS TON SAC !
Arc-en-ciel
PFFFT
QUOIII ?!
BON SANG !!
ON REMET LE SUJET SUR LE TAPIS ?!
SÉRIEUX ?!
HI HI !!
ET TOI, ALORS, KEI-SAN !
C'ÉTAIT QUOI, CE GODE IMMONDE ?!
PFFT !
BOÏNG !!
C'EST PAS DRÔLE !!
VOUS SAVEZ CE QU'A DIT MON PROF QUAND IL A VU ÇA ?!
QUOI ?
«C'EST AVEC ÇA QUE TU FAIS MONTER LES BLANCS EN NEIGE ?»
VOILÀ CE QU'IL A DIT !!
HA HA HA !
HA HA HA !! C'EST VRAI QUE ÇA MONTE BIEN, AVEC ÇA !!

C'EST PAS DRÔLE DU TOUT !!
IL EST PROCHE...
FUIP
FUIP
DIS, NARU-CHAN...
ÇA TE DIRAIT...
QU'ON SE TIENNE PAR LA MAIN ?
OUI...
FINALEMENT, NARU-CHAN...
TU ES VRAIMENT UN GENTIL GARÇON...
HEIN ?!
C'EST AUSSI CE QUE JE ME SUIS DIT QUAND ON S'EST REVUS DANS LE PARC.
AH... AH BON ?

TU SAIS, NARU-CHAN, AU TOUT DÉBUT...
QUAND TU AS DIT QUE TU VOULAIS QU'ON TE TRAITE COMME UNE FILLE...
QU'EST-CE QUE TU VOULAIS DIRE PAR LÀ ?
EUH... BEN...
C'EST QUE...
TU ES GAY ?
SURSAUTE

OUI, C'EST VRAI...
JE PRÉFÈRE LES HOMMES.
MAIS...
ÇA ME FAIT TOUJOURS BIZARRE...
DE ME DIRE QUE JE SUIS GAY.

Il n'y a personne de gay ou de trans parmi mes connaissances.
Je ne rencontre jamais personne.
Je n'ai jamais de relation amoureuse.
PARFOIS, JE REGARDE DES PORNOS GAYS OU JE VAIS DANS UN BAR GAY, MAIS...
JE N'AIME PAS TROP ÇA...
COMMENT DIRE...
En fait, à chaque fois...
Iori-kun !
Je tombe amoureux de types hétéros...

Quand je vois la façon dont les garçons regardent les filles...
Regard...
?
Parfois, j'ai envie...
De voir ce même regard tourné vers moi...
.....
TU VEUX DEVENIR UNE FILLE ?
NON, C'EST PAS ÇA...
JE NE VEUX PAS DEVENIR UNE FILLE.
JE VOULAIS JUSTE...
AVOIR UNE RELATION DE COUPLE NORMALE AVEC LE TYPE DONT J'ÉTAIS AMOUREUX...
JE ME DISAIS QUE C'ÉTAIT POSSIBLE...
運命の人

Je voulais une histoire amoureuse «normale».
Naruse...
Je t'aime beaucoup, mais...
Je suis pas homo, moi...
Je sais bien !

J'ai jamais dit que tu l'étais !
Même si tu sors avec moi, Iori, ça ne change rien au fait que tu puisses aimer les filles !
Pas besoin de changer quoi que ce soit !
Ça m'est égal si tu continues à aimer les filles !
Je veux juste sortir avec toi...
Justement !!
Si on sort ensemble...
Tout le monde dira que je suis homo, tu comprends ?

À ce moment-là...
Je n'ai pas vraiment compris le sens de ses mots.
Mais ce que j'avais compris...
C'est que c'était mal vu d'être homo.
HI HI
Ça ne m'a pas servi de leçon... En première, j'ai fait une déclaration d'amour à un sempaï.
Par miracle, il a dit oui.
La semaine suivante...

Ah, ils ont publié la suite...
Dis...
On peut se tenir par la main ?
LÈVE...
Hein ?
BROUHAHA
ゾロ
BROUHAHA
ゾロ ゾロ
Nan...
Quand on est seuls, passe encore...
Mais là, les autres nous regardent.
Mais regarde...
Là-bas, le couple se tient par la main !
Forcément...
C'est un couple hétéro.
Pourquoi ?

Pourquoi est-ce que je n'ai pas droit à une chose si simple ?!
FUITE
Eh !
Eux, ils ont le droit...
Et pas moi...
Je n'aurai jamais l'amour dont je rêve...
Juste parce que je suis un garçon !
Je n'aurai jamais de relation amoureuse normale...

NH...
Je resterai seul toute ma vie.
MH... ♥
ファッションヘルス Celebrities
60分 12000円
ファッションヘルス Celebrities
♥
NH... ♥
MH... ♥
Eh, toi...
T'es malade, en fait, non ?
Oui... Je suis malade.

DEPUIS, J'AI ABANDONNÉ...
JE NE CHERCHE PLUS À VIVRE UN AMOUR NORMAL...
DE TOUTE FAÇON, JE N'AIME QUE LES HOMMES...
FINALEMENT...
JE SUIS VRAIMENT MALADE.

SERRE
ギュッ
ALORS JE ME SUIS DIT…
QUE SI JE N'ARRIVAIS PAS À TROUVER L'AMOUR EN VRAI…
JE POURRAIS FAIRE APPEL À UNE SOCIÉTÉ QUI VENDRAIT CE GENRE DE SERVICES…
Mais aucune société ne vend de l'amour…
Enregistrement
Miyuki Ayukawa
AUJOURD'HUI, JE DIS ADIEU À MON MOI DU PASSÉ.
J'ABANDONNE.
JE NE CHERCHERAI PLUS À VIVRE UN AMOUR NORMAL.
SERRE…

C'EST POUR ÇA...
QUE TU T'ES INSCRIT CHEZ NOUS ?
OUI...
MAIS...
J'AI ABANDONNÉ L'IDÉE.
ALLONS...
NARU-CHAN, TU ES ENCORE JEUNE...
TU VAS SANS DOUTE FAIRE PLEIN DE RENCONTRES...
PLIC
C'EST IMPOSSIBLE !

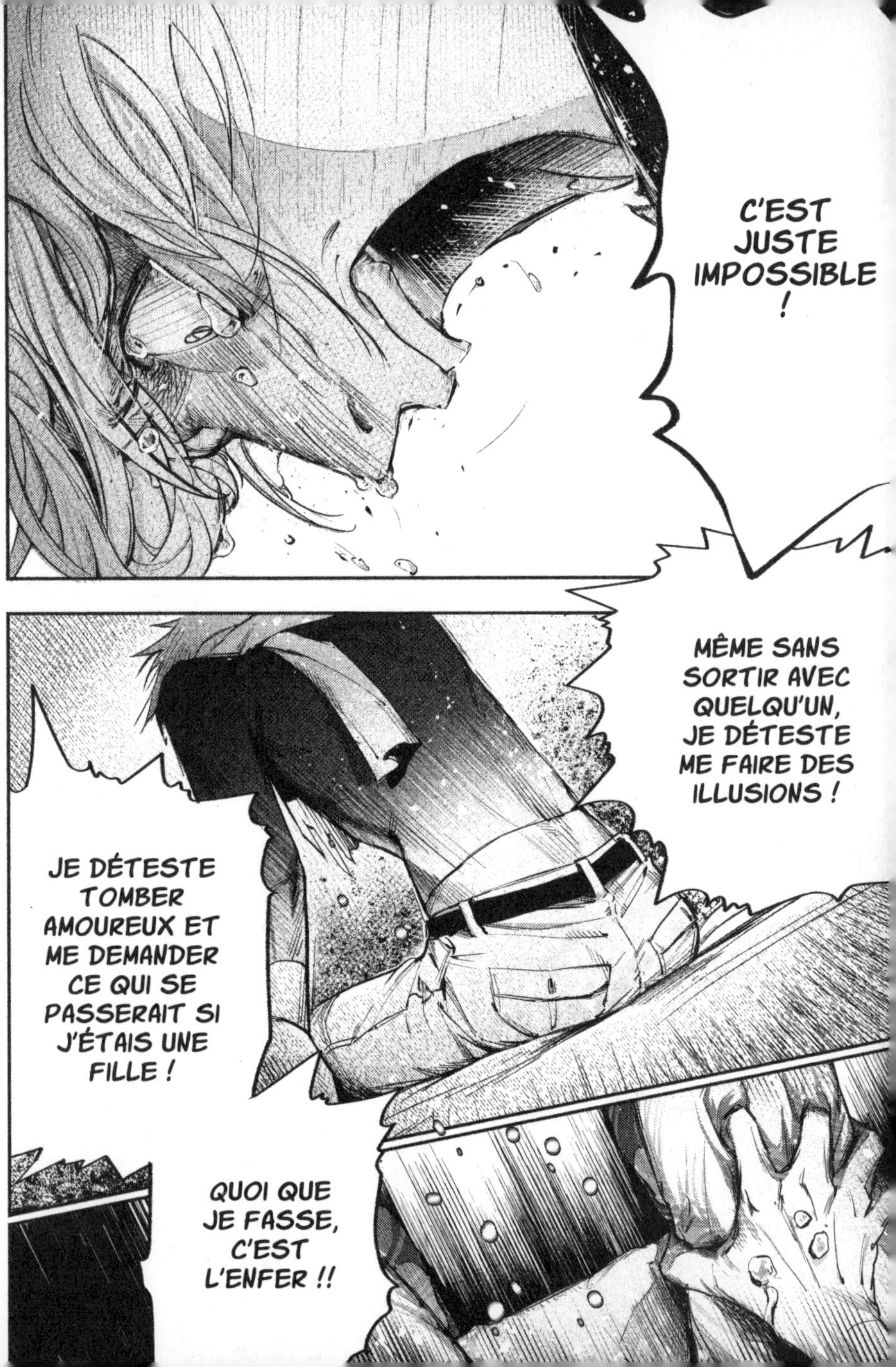
C'EST JUSTE IMPOSSIBLE !
MÊME SANS SORTIR AVEC QUELQU'UN, JE DÉTESTE ME FAIRE DES ILLUSIONS !
JE DÉTESTE TOMBER AMOUREUX ET ME DEMANDER CE QUI SE PASSERAIT SI J'ÉTAIS UNE FILLE !
QUOI QUE JE FASSE, C'EST L'ENFER !!

JE SUIS VRAIMENT NUL !!
QUI POURRAIT BIEN TOMBER AMOUREUX DE MOI ?!

AH !
DÉSOLÉ... TA MAIN...
TREMBLE
FUIP
C'EST RIEN.
C'EST DE MA FAUTE.
PARDON.
NARU-CHAN...
PEUT-ÊTRE QUE TU ES «MALADE», OUI.
....

MALADIVEMENT OBSÉDÉ PAR L'IDÉE D'ÊTRE «NORMAL».
TU SORS DE L'ORDINAIRE, ET C'EST ÇA QUI TE REND DINGUE.
TOUT CE QUE ÇA PROUVE, NARU-CHAN,
C'EST QUE TES SENTIMENTS SONT PLUS RICHES ET PROFONDS QUE CEUX DES AUTRES.

MAIS...
CRAC...
ピシッ
TU N'AS PAS BESOIN DE NOYER CES SENTIMENTS.

ふはっ!
FUAH !
AVEC MOI, PENDANT TROIS HEURES...
TU PEUX FAIRE COMME S'IL N'Y AVAIT PERSONNE AUTOUR DE NOUS.
JE VOUDRAIS...
QUE TU ASSUMES TES DÉSIRS.

ICI, AVEC MOI...
C'EST COMPLÈTEMENT NORMAL DE RESSENTIR TOUT ÇA.

Oui...
HA HA HA
OUAH...
C'est bien pour ça que je suis là.
Je sais bien que c'est son travail.
Alors pourquoi est-ce que je me fais de l'espoir ?
OK ?

Est-ce que quelqu'un...
pourra m'aimer un jour...?

NYU BOY
Cours de plaisir sexuel

*Celui que je serre dans mes bras,
c'est un client, et non pas un amant.*

*Ce que j'offre, c'est de la satisfaction,
et non pas de l'amour.*

*Aujourd'hui encore, je suis à la dérive, poussé
par une solitude impossible à combler.*

KEI-SAN...
JE...
グイッ
VLOUP
C'EST LA PREMIÈRE FOIS QUE J'EMBRASSE UN GARÇON.

MOI AUSSI...
STOP
ピクッ
.....
MAIS... ET TON EX-COPAIN ?
BEN...
QUAND ON ÉTAIT À L'INTÉRIEUR, ON SE FAISAIT DES CÂLINS OU ON SE TENAIT PAR LA MAIN...
MAIS ON NE S'EST JAMAIS EMBRASSÉS... ON N'A JAMAIS RIEN FAIT DE SEXUEL NON PLUS.
....!!
ARGH !
JE SUIS DÉSOLÉ !!
JE PENSAIS QUE C'ÉTAIT QUELQUE CHOSE QUE TU AVAIS DÉJÀ FAIT AVEC TON EX...
J... J'AURAIS DÛ ÉVITER ?
N... NON, PAS DU TOUT !!
OUUUUH...
PANIQUE
PANIQUE

TREMBLE
TREMBLE
TREMBLE
TREMBLE
TREMBLE
TREMBLE
TREMBLE
BON, VOILÀ CE QU'ON VA FAIRE !!
D'ABORD, JE VAIS TE FAIRE UN MASSAGE, ET ENSUITE, QUAND TU SERAS DÉTENDU,
ON PASSERA À LA SUITE !
ÇA TE VA, JUSQUE-LÀ ?
OK !
OUI !!!
BON, JE VAIS TE FAIRE COULER UN BAIN...
POC
SHHHH...
Ça va pas...

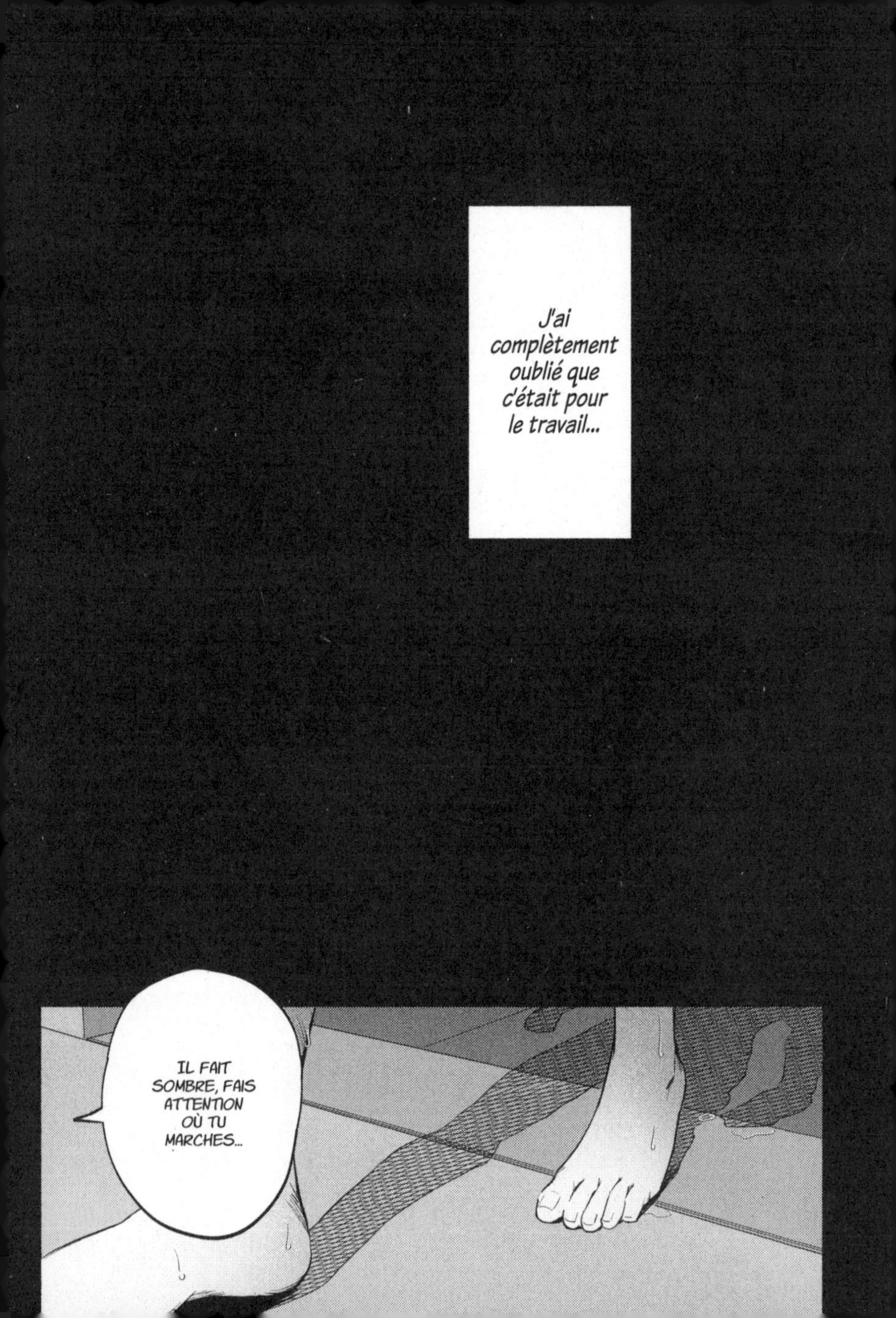
J'ai complètement oublié que c'était pour le travail...
IL FAIT SOMBRE, FAIS ATTENTION OÙ TU MARCHES...

TU T'ES
UN PEU
RÉCHAUFFÉ ?
OUI !
AU FAIT... JE PEUX METTRE DE L'HUILE DE MASSAGE ? TU N'ES PAS ALLERGIQUE ?
EUH, NON, ÇA VA...
CRIIC
DIS-MOI SI TU AS FROID.
BON...
JE COMMENCE LE MASSAGE.

JE N'APPUIE PAS TROP FORT ?
NOON... C'EST TROP BON...
VRAIMENT ? TANT MIEUX.
HI HI... ÇA T'A SURPRIS ?
AH ! PAS LÀ !
AU FAIT, KEI-SAN, TA COPINE N'EST PAS JALOUSE DE TE VOIR FAIRE CE TRAVAIL ?
QUELLE COPINE ?
HEIN ? MAIS LA FOIS DERNIÈRE, TU M'AS DIT...

....
AH, ÇA !
NE LE DIS À PERSONNE, MAIS EN FAIT, IL S'AGIT D'UNE CLIENTE PARTICULIÈRE.
HEIN ? MAIS ALORS...
OUI, MOI AUSSI, ÇA FAIT LONGTEMPS QUE JE SUIS CÉLIBATAIRE.
J'ai eu ma première copine à l'époque du lycée,
Mais on a rompu au moment de la remise des diplômes...
ÇA FAIT UN BAIL...
JE CROIS QUE ÇA FAIT BIEN DIX ANS QUE JE SUIS CÉLIBATAIRE.
SÉRIEUX ?!
C'est bizarre...
Depuis tout à l'heure, je ne parle que de moi...

TU VOUDRAIS AVOIR UNE COPINE ?
BEN...
C'EST VRAI QUE ÇA FAIT LONGTEMPS QUE J'EN AI ENVIE...
MAIS SORTIR AVEC QUELQU'UN QUAND TU FAIS CE TRAVAIL...
Calme-toi... Calme-toi...
C'EST COMPLIQUÉ, TU VOIS ?
Ça suffit, maintenant !
Ah...
CLAC !
KEI-SAN, VOUS N'AVEZ JAMAIS EU ENVIE DE DÉMISSIONNER ?

......
KEI-SAN ?
WHAM

KE...
POUR ÊTRE HONNÊTE, OUI, J'AI ENVIE DE DÉMISSIONNER.
APRÈS TOUT...
MÊME SI JE FAIS TOUT CE QUE VEUT LE CLIENT,
IL NE SERA JAMAIS À 100% SATISFAIT OU RASSURÉ.

C'EST NORMAL.
JE REÇOIS DE L'ARGENT POUR ME MONTRER GENTIL ENVERS LUI.
ET MOI, CE QUE JE RESSENS...
ÇA N'A ABSOLUMENT AUCUNE IMPORTANCE.
AU CONTRAIRE... C'EST MÊME INDÉSIRABLE.
DANS CE CAS, KEI-SAN...
JE...

TU N'AS QU'À ME PARLER DE CE QUE TU RESSENS...
APRÈS TOUT...
TOI, TU M'AS ÉCOUTÉ PARLER DE MES SENTIMENTS...
TU DIS QUE TU N'AS PAS LE DROIT D'AVOIR UNE COPINE, MAIS JUSQUE-LÀ, TU T'ES COMPORTÉ COMME SI TU ÉTAIS MON PETIT AMI.
S'IL TE PLAÎT...
JUSTE POUR QUELQUES HEURES...

AIME-MOI...

CRIIIC
NARU-CHAN, TU ES DÉJÀ EN TRAIN DE BANDER...
ÇA ME FAIT PLAISIR.
AAAH...
JE PEUX LA SUCER ?
O... OUI...

SLURP
ペロペロ
FLAP
ぢゅるる
SLURP
SLURP
ヂュヂュ
SHUUP
グポッ
SHUUP
グポッ
C'EST BON ?
チュパッ
FLUIP
HAA... OUI...
C... C'EST BON...
BOBOM
ビクビク

JE PEUX... TOUCHER AUSSI... DERRIÈRE ?
!!
JE PEUX... INSÉRER UN DOIGT ICI ?
BAM
C'EST LA PREMIÈRE FOIS QUE TU FAIS CE GENRE DE CHOSES, PAS VRAI, NARU-CHAN ?
EN FAIT...
C'EST DIFFICILE À DIRE, MAIS...
FLOUP

FLOUP
JE FAIS TOUJOURS ÇA...
GLOUPS...
FLOUP
FLOUP
J'AI PRIS L'HABITUDE DE LE FAIRE TOUT SEUL...
FLOUP
FLOUP
FLOUP
ALORS ÇA NE POSE PAS DE PROBLÈME...
BOBOM...

K... KEI-SAN ?
AH !
FLOUP
HAA...
AH !
C'EST VRAI...
ÇA RENTRE COMME DANS DU BEURRE...
FRISSON...

HA HA, NARU-CHAN, TU ES SUPER SEXY...
ÇA ME RASSURE UN PEU...
ALORS C'EST COMME ÇA QUE TU TE DONNES DU PLAISIR TOUT SEUL ?
HEIN ?
FLAP
FLAP
AAAH...
AH !
PAS... SI FORT...!
FLAP
GUTCH
AH... DÉSOLÉ...
MAIS QUAND JE SUIS DEVANT QUELQU'UN QUI RÉAGIT DE FAÇON AUSSI SEXY...
BOBOM
HAA...
FLAP
JE N'ARRIVE PAS À ÊTRE GENTIL...
AH
NH...
GUTCH
GLOUPS
AAA AH ! JE VAIS JOUIR...
BOBOM
BOBOM

BOBOM !
SLUURP...
GLOUPS...
.....
HH...
TU AS JOUI...
BLUSH...

D-D-DÉSOLÉÉÉ... J'AI PAS PU ME RETENIR... MAIS...
KEI-SAN...
HA HA HA ! PARDON, C'EST DE MA FAUTE !
Ouuh, je m'en veux !
ÇA T'EMBÊTE...
SI MOI AUSSI, JE PRENDS DU PLAISIR ?
AH...
MH...
.....
NON, VAS-Y...

GYAAAAH...
MERDE !!
T'ES VRAIMENT TROP BEAU, KEI !!
Hiiiiiiii
AH BON ?

HÉ HÉ, JE SUIS UN PEU GÊNÉ !
OUAH !
PLAF
バフッ
TU SAIS QUE J'AI DIX ANS DE PLUS QUE TOI, NARU-CHAN ?
JE SUIS DÉJÀ UN VIEIL HOMME...
T'EN AS PAS DU TOUT L'AIR !
JE TE JURE...
.....
MH...
FLOUP...
クチュ...

AH...
MINCE...
J'AI L'IMPRESSION...
DE FONDRE...
POUSSE...
AH !!
PAF
BOBOM
BOBOM
....!!
AAAH...
ZUUP...
FLOUP
NARU-CHAN...

TU LE SENS ...?
HAA...
HAA...
HAA...
HAA...
JE GROSSIS ENCORE À L'INTÉRIEUR DE TOI...
HAA...
CRIIC
ギシッ
CRIIC
ギシ
CRIIC
ギシ
OUI... JE LE SENS...
ギシ
CRIIC
ギシ
CRIIC
JE SUIS HEUREUX...
MOI AUSSI...
FAIS-MOI ENTENDRE TA VOIX...
Ah...
Je suis vraiment nul, aujourd'hui...

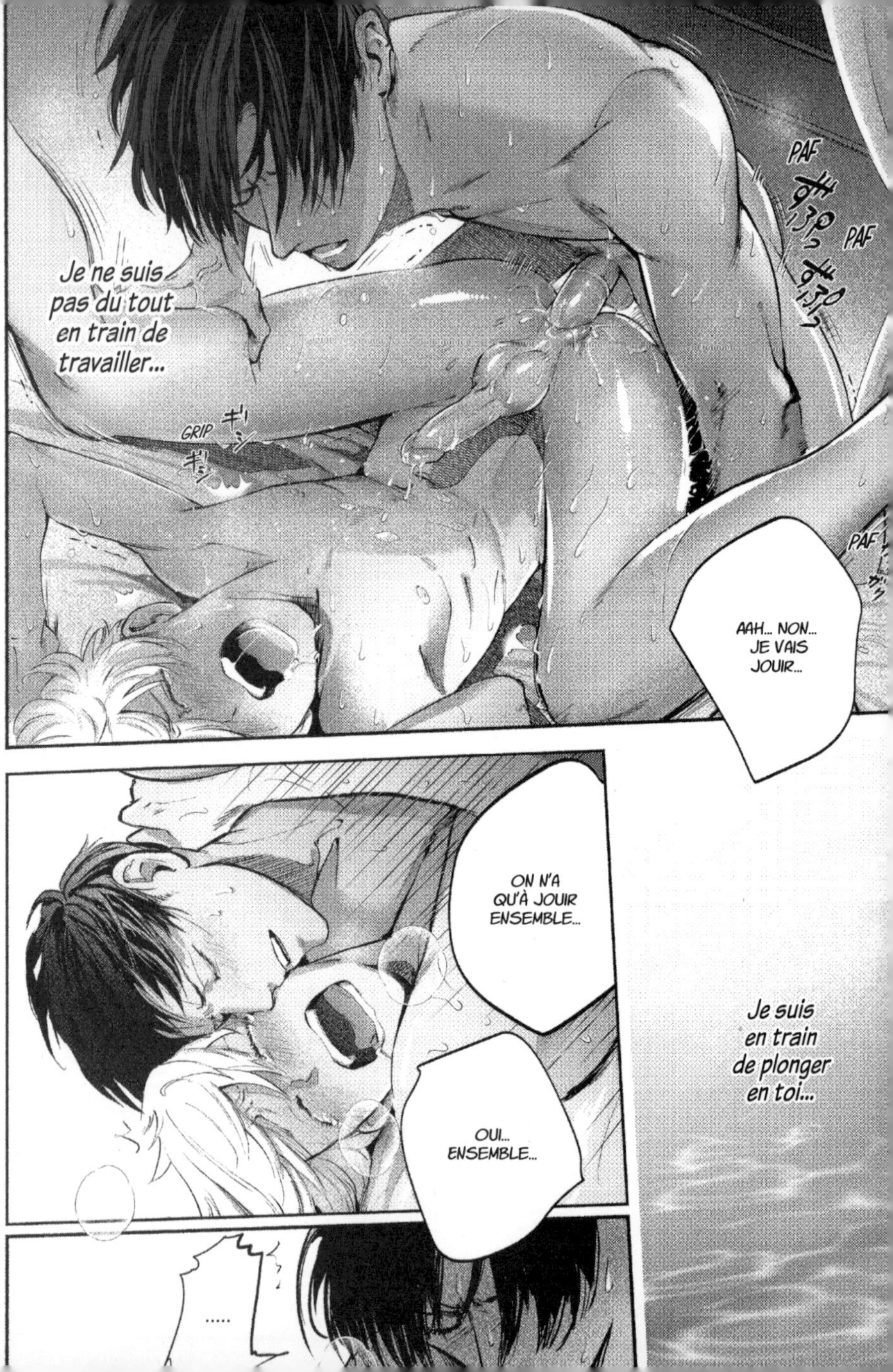
PAF
PAF
Je ne suis pas du tout en train de travailler...
GRIP
PAF
AAH... NON... JE VAIS JOUIR...
Je suis en train de plonger en toi...
ON N'A QU'À JOUIR ENSEMBLE...
OUI... ENSEMBLE...
.....

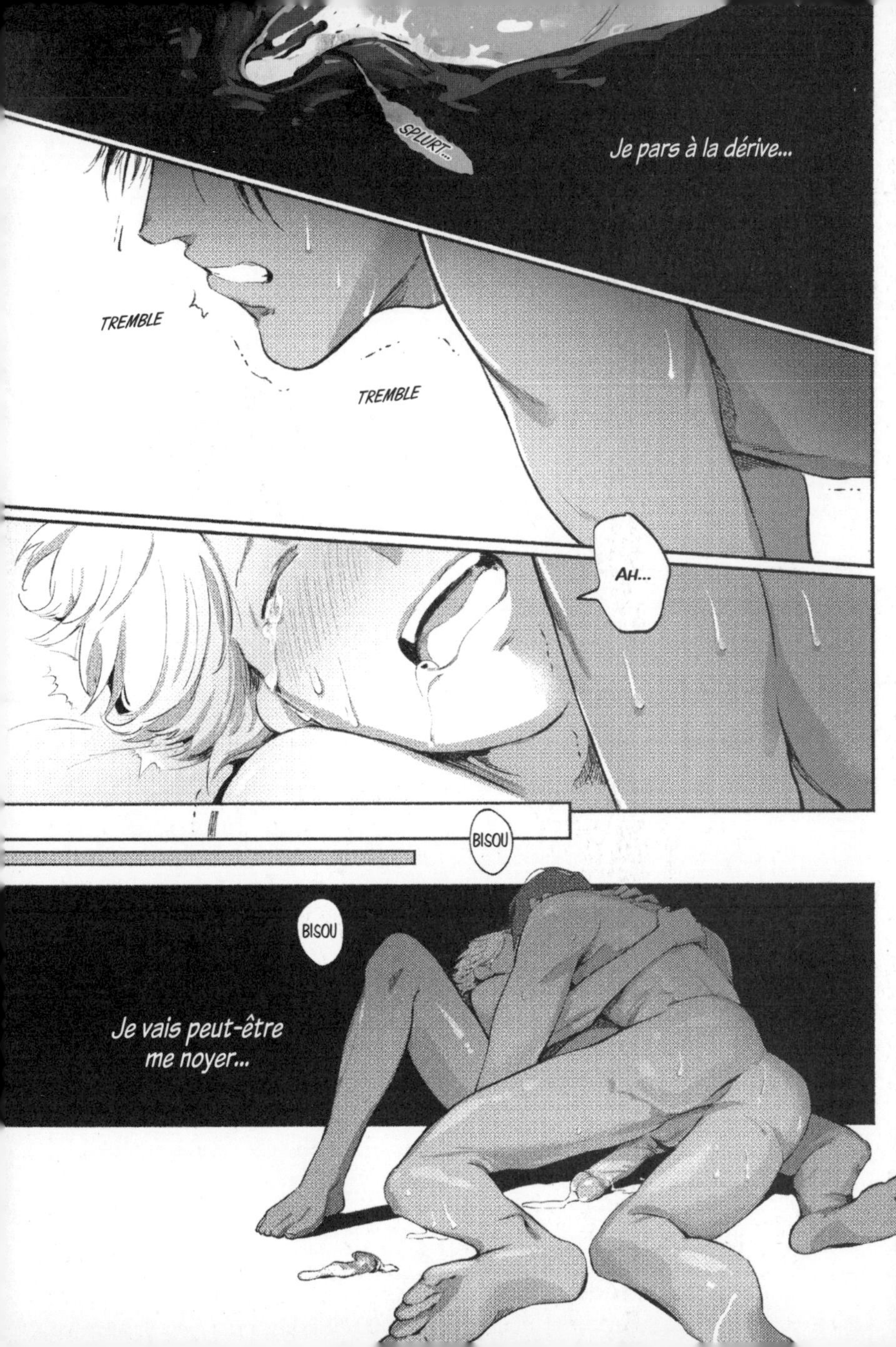
Je pars à la dérive...
SPLURT...
TREMBLE
TREMBLE
AH...
BISOU
BISOU
Je vais peut-être me noyer...

ALORS VOILÀ CE QUE ÇA FAIT, D'ÊTRE AIMÉ...
MH ?
AH, ENFIN, JE SAIS QUE C'EST TON TRAVAIL, BIEN SÛR !
MAIS...
PENDANT UN INSTANT, J'AI EU L'IM-PRESSION QUE TU ÉTAIS SÉRIEUX...
J'AI FAILLI ME FAIRE DES IDÉES...
DOULEUR...
ズキッ..

M... MAIS... TU ES VRAIMENT UN PROFESSION-NEL, KEI !
HAA... J'ENVIE LES FILLES...
NARU-CHAN, JE...
VRRR
VRRR
VRRR
.....
AH... C'EST TON PORTABLE ?
.....
OUI, JE CROIS...
VRRR
VRRR
BOSS
Décrocher
Raccrocher

Katagiri, j'écoute…
OUI, C'EST MOI.
Est-ce que tu es libre aujourd'hui ?
Je n'ai personne d'autre de dispo.
EUH... JE...
AUJOURD'HUI, C'EST COMPLIQUÉ...
KATAGIRI.
N'oublie pas que la prostitution, c'est ton travail.
Je compte sur toi.

.....
C'EST TON CLIENT SUIVANT ?
OUI, DANS DEUX HEURES...
AH BON...
ALORS IL FAUT QUE TU TE PRÉPARES...
TU SAIS...
J'AI ÉTÉ VRAIMENT HEUREUX D'ÊTRE TON PETIT AMI LE TEMPS D'UNE JOURNÉE.

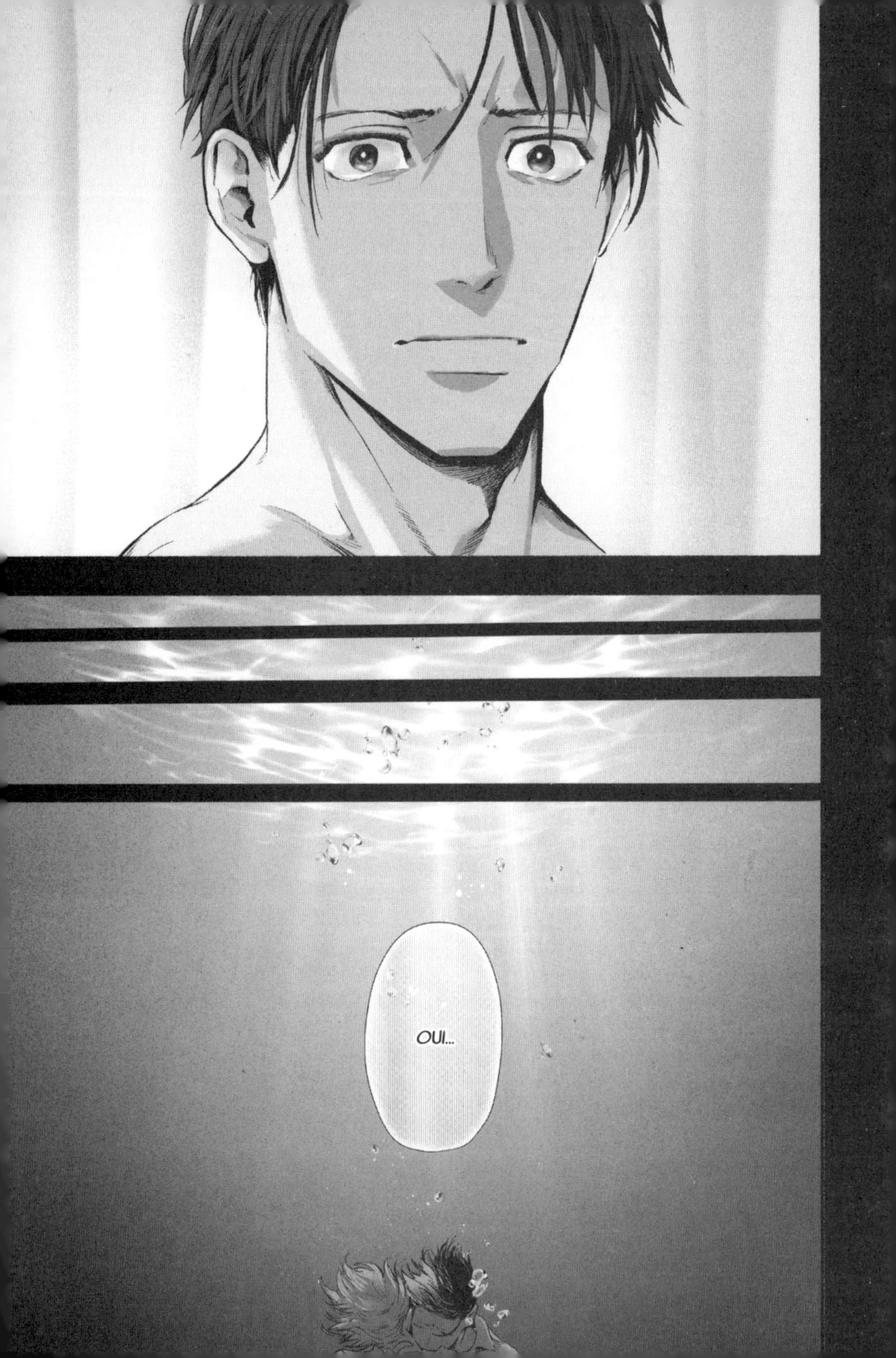
OUI...

NYU BOY
Dernière fois

IL ÉTAIT BON, LE FLAN QUE TU AS ACHETÉ, KEI.
EAS
HÉ HÉ, TANT MIEUX !
MAIS JE SUIS SÛR QUE TU POURRAIS EN FAIRE UN BIEN MEILLEUR...
AVEC TON BATTEUR ÉLEC-TRIQUE...
HÉ !
TU RECOMMENCES AVEC ÇA !
HA HA HA HA !!
1
2
6
PLAF
ドザッ

TING !

HA HA HA HA !
アッハッハッハッ
LA TÊTE QU'IL A FAIT !
C'ÉTAIT TROP DRÔLE !
C'EST PAS DRÔLE DU TOUT !!
LE FEU EST AU ROUGE, FAIS ATTENTION.
OUAH ! ATTENDS !

J'ai vu des homos en vrai pour la 1ère fois ! Ça me dégoûte…
のですとなん
あかさ

Finalement, je suis vraiment malade...
J'ai été vraiment heureux d'être ton petit ami le temps d'une journée.
Je suis vraiment nul !!
Qui pourrait bien tomber amoureux de moi ?!

PLIC
パラ
PLIC
パラ
PLIC
パラ
NARU-CHAN...
REGARDE-MOI DANS LES YEUX.
ON VA ALLER JUSQU'À LA GARE EN COURANT...
ET EN SE TENANT PAR LA MAIN.
QUAND ON COURRA,
TU NE REGARDERAS QUE MOI, NARU-CHAN.

NE DÉTOURNE PAS TES YEUX DE MOI.
TU T'EN SENS CAPABLE ?
M...
MAIS...
ÇA IRA.
JE SUIS AVEC TOI.

TING
ON Y VA !

ドクン…
BOBOM
ドクン…
BOBOM
ドクン…
BOBOM
ドクン
BOBOM
«JE SUIS
PAS HOMO, MOI».

«Forcément... C'est un couple hétéro.»
«T'es malade, en fait, non ?»
NARU-CHAN...
NE REGARDE QUE MOI !

Si je regarde ailleurs...
Je piétine les sentiments de Kei...
KEI !

HAAA... HAA...
宿駅
C'ÉTAIT PLUS LOIN QUE JE NE LE PENSAIS...
ÇA VA, NARU-CHAN ?
OUI... ENFIN...
COMMENT DIRE...
J'AI L'IMPRESSION DE VIVRE UN RÊVE...
OUAAH...
REGARDE COMME LA PLUIE TOMBE !
JE SUIS HEUREUX...
QUE ÇA TE FASSE PLAISIR.

HEIN...?
MAINTENANT, NARU-CHAN...
TU VAS VIVRE DE TOUTES TES FORCES.
CETTE HISTOIRE DE MALADIE, C'EST FAUX.
CE N'EST PAS QUELQUE CHOSE À GUÉRIR.

.....
OUI...
UHH...
....!
UUH...
OK...
NARU-CHAN...

IL NE FAUT PLUS ABANDONNER.
CONTINUE À VIVRE EN TE DISANT QU'UN JOUR...
TU TOMBERAS AMOUREUX DE QUELQU'UN,
ET QUELQU'UN T'AIMERA DE TOUT SON CŒUR.
TU ME LE PROMETS ?

O... OUI...
TU SAIS...
MOI, J'AIME TON REGARD...
FRANC ET LOYAL.
PILILILILI
プルルルルルル...
AH...
C'EST QUEL TRAIN ?
QUELLE VOIE ?
AH ! EUH...

PORTE-TOI BIEN...
AH ! LE VOILÀ !
VOIE 2...
.....
KEI ?
OÙ TU ES ?
HÉ !
KEI ?!

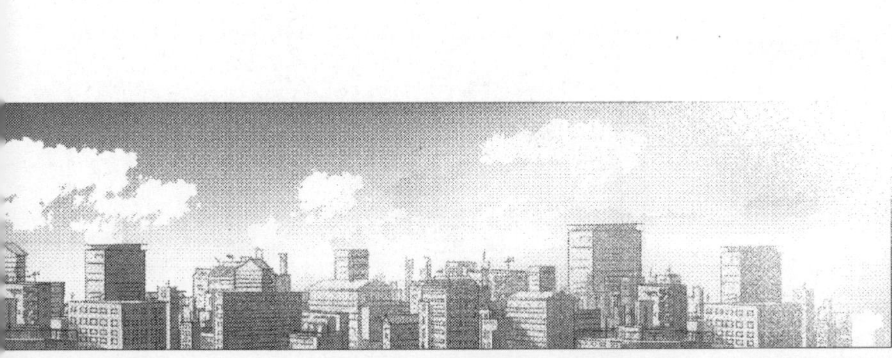

Laissez-moi rester ici !
Je ferai ce que vous voudrez !
La cliente de l'autre fois...
elle m'a fait beaucoup de compliments à ton sujet.
Peut-être que tu es fait pour ce boulot...

Maman...
Tu as encore besoin de combien d'argent ?
Tu as fini de rembourser ta dette ?
Tu vas changer de travail, du coup ?
Qu'est-ce que tu vas faire ?
Qu'est-ce que je vais faire ?
Ça n'a pas d'importance...
Je ne sais rien faire d'autre.

SI TU DORS ICI, TU VAS ATTRAPER UN RHUME...
LA CLIENTE QUE JE T'AVAIS CONFIÉE HIER SOIR...
ELLE M'A DIT QUE TU N'ÉTAIS PAS VENU AU RENDEZ-VOUS.

QU'EST-CE QUI T'ARRIVE, EN CE MOMENT ?
HEIN ?
PAF
DÉS...
DÉSOLÉ...

JE...
JE NE PEUX PLUS CONTINUER À FAIRE CE BOULOT...
JE SAIS QUE LA PROSTITUTION, C'EST MON TRAVAIL...
MAIS...

CLIC
T'ES TOMBÉ AMOUREUX DE QUELQU'UN ?
UN CLIENT ?
......
LE RÈGLEMENT INTERDIT LES RELATIONS ENTRE CLIENTS ET EMPLOYÉS.
TU LE SAIS, PAS VRAI ?
OUI.
TU AS DONC RENCONTRÉ UN CLIENT SANS L'ACCORD DE L'ENTREPRISE...
.....

KÔJI NARUSE...
C'EST BIEN LUI ?
C... COMMENT...
TOC
TOC
PATRON...
QUELQU'UN VEUT VOUS VOIR...
FAIS-LE ENTRER.
DÉSOLÉ DE DÉRANGER...

CE MATIN...
LE BUREAU A REÇU UN APPEL DE MIYUKI AYUKAWA...
ET J'AI PU ENTENDRE TOUTE L'HISTOIRE...
DE LA BOUCHE DE KÔJI NARUSE ICI PRÉSENT.

JE SUIS DÉSO-LÉ...
TU M'AVAIS DIT DE NE PLUS CONTACTER LA BOÎTE, ET J'AVAIS PROMIS...
MAIS...
JE NE POUVAIS PAS ABANDONNER...
JE SAIS QUE...
JE NE POURRAI JAMAIS ÊTRE UNE FILLE...

MAIS MALGRÉ TOUT...
JE VEUX ÊTRE AVEC LA PERSONNE QUE J'AIME...
CLAP
OUAH !
PAF
ドンッ
ALLEZ-Y, ENTREZ !!

AH ! ATTENDEZ...
GRIP
KEI !
QU'EST-CE QUE VOUS FAITES ?!
PRENDS ÇA !
ROULE
ゴロロロ
PSCHHH

BAM
ÉCOUTEZ-MOI BIEN !!
NOTRE EMPLOYÉ LE PLUS DEMANDÉ, KEI KATAGIRI,
A RENCONTRÉ UN CLIENT EN SECRET !
KATAGIRI !!
C'EST DIFFICILE À CROIRE, NON ?
NE L'IMITEZ SURTOUT PAS, D'ACCORD ?
COMPLÈ-TEMENT !!
OUI !!

SI VOUS
VOUS
AIMIEZ…
IL SUFFISAIT
DE ME LE
DIRE DÈS LE
DÉBUT !!
SI TU ES
HONNÊTE…
JE TE
DONNERAI
L'AUTORISA-
TION…
DE
DÉMISSION-
NER !!

AH...
EUH...
NARUSE-SAN...
MOI AUSSI...
JE T'AIME...

À PARTIR DE MAINTENANT...
JE VOUDRAIS RESTER À TES CÔTÉS...
TU NE VEUX PAS ?
SI...
JE SUIS HEUREUX...
TROP, TROP HEUREUX...
TIENS ? ILS FONT ÇA DANS LE DÉSORDRE...
NORMALEMENT, C'EST LE BISOU EN PREMIER, NON ?
HI HI
ILS ONT BRÛLÉ LES ÉTAPES...
ARGH !
Arrangez ça.
Et c'est ainsi...

Que le rideau
s'est fermé
sur le début
d'une nouvelle
histoire...
FIN

DÉSOLÉ DE M'IN-CRUSTER !
OUAAAH !
BONUS – L'APRÈS
C'EST VRAIMENT CHEZ TOI, KEI ?
OUI.
SÉRIEUX ? MAIS IL N'Y A RIEN... TU VIS COMMENT ?
SI, IL Y A QUELQUE CHOSE...

DÉJÀ, IL Y A À MANGER...
アルギ EX
亜鉛
POWER PROTEIN
IL Y A UN FUTON...
ET DES VÊTEMENTS... AH !!
CLAC !
TU N'AS RIEN VU...
J'AI ABSOLUMENT TOUT VU !!
DÉSOLÉ... C'ÉTAIT POUR LE BOULOT...
ÇA FAIT RIEN !
JE...

JE N'AI PAS DE FAMILLE NI D'AMIS...
ET À CAUSE DU TRAVAIL, J'ÉTAIS SOUVENT À L'EXTÉRIEUR...
MON APPART... A TOUJOURS ÉTÉ COMME ÇA...
HI HI !
クスッ
DÉSOLÉ... TU VEUX QU'ON AILLE AILLEURS ?
NON...
EN FAIT...
C'EST LA PREMIÈRE FOIS QUE JE FAIS VENIR QUELQU'UN QUE J'AIME...
CHEZ MOI...

JE VEUX RESTER ICI.
ET TOI ?
Avant de te rencontrer...
Je détestais la vie que je menais...
J'avais l'impression d'être aussi vide que cet appartement...
MOI AUSSI...

HAA...
HAA...
NH...
BOBOM
BOBOM
AH...
FLAP
NH...
FLAP
MH...
HH...
MINCE...
RECULE-TOI, ON VA CHANGER DE POSITION...
JE CROIS QUE... JE VAIS PAS POUVOIR ME RETENIR...
HAA...
HAA...
N... NARU-CHAN... ATTENDS...!
WHAM
WHAM

WHAM
WHAM
HAA...
HAA...
AT-
TENDS...
JE VAIS
VRAIMENT
JOUIR...
RE-
CULE...
LÂCHE-TOI...
À L'INTÉRIEUR...
BOBOM
PAF
PAF
PAF
TOUT...
TOUT AU
FOND...
V... VAS-Y...
SPLURT !
BOBOM
BOBOM

FUIP
SPLURT
HAA...
TOUS LES DEUX...

Je suis content de vivre cette vie...

C'est ce que je souhaitais ...
Depuis tout ce temps.
Peu importe ce que je choisis de faire dans le futur...
Je sens que je vais enfin être pleinement heureux.
Tant que je reste à tes côtés...!

FIN

OFFICIAL TRIP HOST
NYU BOY

SHUCCHOU HOST NYU BOY © Ryo Shinou
Originally published in Japan by France-Shoin Publishers Co., Ltd., Tokyo French translation rights arranged with France-Shoin Publishers Co., Ltd., through CREEK & RIVER Co., Ltd.

Édition Française © Boy's Love IDP 2019

Hana COLLECTION

www.boys-loves.fr

Maquette : Justine Mouron
Traduit du japonais par : Laurie Asin

Remerciements à Aurélie Valognes

Dépot légal : Avril 2019
ISBN 978-2-36877-654-4

Imprimé par GZ Digital Media as

Hana Yaoi

Retrouve tous les titres de la collection Yaoi sur :

www.boys-loves.fr

Et toute la communauté Yaoi sur nos réseaux sociaux :

boys loves IDP

C'EST MOI !
ENCHANTÉ !
JE M'APPELLE MIYUKI AYUKAWA !
.....
HEIN ?

Chère Miyuki Ayukawa,
BROUHAHA
BROUHAHA
Enchanté,
Merci de vous être inscrite à mon cours de plaisir sexuel pour couples.
BROUHAHA
BROUHAHA
Acceptez-vous de me rencontrer au café Shinjuku ?
SoftPunk 4G
Miyuki Ayukawa
Ayukawa-san, Je suis à l'extérieur du café. Je porte une chemise bleu marine et un veston noir. J'ai dans la main un smartphone bleu.
Je viens d'arriver au café ~
BIP
NYU BOY
COURS D'ORIGINES
AH !! VOUS VOILÀ !
JE VOUS FAIS SIGNE DE LA MAIN !!
J'ai hâte de vous rencontrer,
Miyuki-san.